관계의 파편들

신희연 지음

FOREST
WHALE

목 차

lonely

의미를 담던 것들을 덜어 보았다
아니지 몽땅 빼 버리자
그러자 가치를 담느라 억지로 끌어온 시간이
고스란히 내 것으로 남는다

걷고 뛰고 영화를 보고
차를 몰고 달이 걸린 야경을 볼 수 있다
나 혼자

말하지 않아도 되고 듣지 않아도 되고
울고 싶을 때 울어도 된다
웃고 싶을 때 웃게 해 줄 사람이 없다는 게
조금 속상할 순 있겠지만
웃음에 확신이 있었다면 내가 지금
의미를 더는 일을 하지 않았겠지

차를 마시고 음식을 먹고
운동을 하고 신기한 장소를 찾아다니고
사진으로 남기수 있다
나 혼자

내가 담은 것들이 의미 없고 가치 없고
별것 아닌 것으로 받은 사람들은
사람이 눈앞에서 멀어지는 일 따위쯤
대수롭지 않은 일일 것이다

먹고 걷고 뛰고 웃을 것이다
저 혼자
그들도 나처럼

가식의 본

한 여름밤 꿈
폭죽놀이 하듯
공중에 흩뿌린 감정들을 모아
제자리에 두니

그가 광대처럼 웃는다
악어처럼 운다

가을 안부

잘 있습니까
나는 잘 있습니다

겨울의 문턱 앞에서 문득
당신 생각이 났습니다

그림자 같던 시절이 지나니
당신이 그림자처럼 어두운 그늘로 남습니다

사람이 그늘을 담은 사람이 되어서 되겠습니까
하여 나는 잊겠습니다
혹여 서운하더라도
계절 탓 이거니, 시간 탓 이거니
잊으십시오

떨어져 쌓인 낙엽만큼 사랑도 시간이 지나면
사랑했던 만큼 아픈 것들만 남겨지나 봅니다

잘 지내십시오

나는 낙엽을 쓸고 겨울을 준비해야겠습니다

가장

옷장을 정리하며 생각했다
헤진 옷이 당신 발목을 오래도 잡았구나
차마 버리지 못하고 오래도 묵힌
당신의 미련을 탁탁 털어 봉투에 담았다

끈기와 성실을 버팀목 삼아
우리가 오래도 살았구나
눈물이 툭 떨어질 찰나 정신을 차렸다

이제 이유 없이 사들인 내 옷들을
봉투에 주섬주섬 담는다

당신도 나를 잡고 오래도록 버티길
그리고 내내 평온하기를

거룩한 훼손

모난 돌이 정을 맞는다

쪼이고 긁히고 깎이고
의도되지 않는 부분까지 부서진다

모두가 말해 주었다
급기야 돌은 결론에 이르렀다
내가 모난 돌이라서 정을 맞는 것이다
그래야 살 수 있다

완성된 돌은 무엇이든
쓰여 질 수 있는 것이 되어야 한다

절대로
다 깎여 아무것도 남지 않는
먼지가 되어서는 안 된다

거짓말

끌어다 쓸 말이 없었는지
질문에 침묵으로 일관하거나
화두를 돌리는 모습은
두꺼운 사전 하나를 가져다주어도
주워 담을 글자 하나를 찾지 못해
바둥거리는 안쓰러운 강아지 같아
앞으로 입 밖으로 나올 말은 오직
왈왈
그런 비슷한 것이 아닐까 생각했다

겨울 바다 앞에서

한낮의 태양 아래
나는 무얼 하고 있었나

겨울이 온 줄도 모르고
철에 맞지 않는 옷을 입고

저녁 칼바람에 여밀 옷자락 하나 없이
마음만 뜨겁고 열정만 가득한 껍데기만 걸치고 있었나

달은 뜨고 밤은 깊은데
계절 탓이던가

유난히 추운 겨울밤에
밤바다를 보고 있노라니

철을 잊은 게 아니라 철이 없던 게 아닐까
멍하니 칼바람만 맞고 서 있다

격

행동에서 드러나는 성격
싸우면 드러나는 인격
어투에서 드러나는 품격
결핍으로 드러나는 결격

사람은 격을 갖추어야 한다

경청, 오류

책임 지지 못할 말은 함부로 뱉지 말고
책임 지지 못할 말을 함부로 듣지 마라

공범(소문을 퍼뜨리는 자)

말을 조심해
같이 듣는 것도 공범이야
자리에 함께 있는 것도 공조야
감당할 수 있는 것까지만 했어야지
시치미 뗀다고 모를 줄 알았어?
침묵하고 주워듣던 때처럼
침묵하고 있으면 괜찮을 줄 알았어?

공작새(공주병)

가만히 있어도 머리에 왕관이 씌여진
공작새인 줄 알았다

멋있는 여자였다 빛나는 여자였다
펼쳐질 날개를 기대했다

그냥 접어라 태생이 그냥 공작새다
유전이 준 축복이다 감사해라

남들이 만들어 준 자신감이 원래 제 것 마냥
오만과 아집으로 성장해 휘두르고

소신으로 본 것들이 소심이더라
소심한 속내 감추려던 술수더라

내가 본 제일 예쁘고 머리 나쁜 새
공작새는 닭목 꿩과다

사전엔 그렇게 나온다 빼엑

관계

실망은 대부분 같은 사람이 안겨준다
내가 끊어내지 못하는 것은 아닌지
냉정하게 생각해 보자

내가 실망만 안겨주는데도
여전히 곁을 지키는 이가 있다면
그건 인내가 아니다
그것이 우정이고 사랑이다

관계의 영향

강에 돌 하나를 던져 보아라
물결이 일다 곧 잠드는 풍경을 보게 될 것이다
숨죽이듯 찰랑거리는 강을 보며
돌을 던진 이는 고요한 강둑을 다시 걸을 것이고
강은 강바닥에 돌을 안고 살 뿐이다

강바닥은 본래 모래알이 가득했고
돌 하나 떨어진다고 달라질 게 없다
어리석은 건 강을 흐리며 돌을 던지고
다시 강을 보며 안식을 얻는 미약한 당신이다
인간관계도 그러하다 강을 흐리는 돌 같은 사람이 있고
돌 하나를 모래알처럼 대수롭지 않게 받아들이는
사람도 있다
마음이 여린 사람은 모래알도 큰 바위처럼
안고 사는 사람이 있다
관계 속에서 서로에게 어떠한 영향을 끼치는지는
아무도 모른다

우리가 알아야 하는 건 스스로 단단하고
좋은 사람이 되는 것 그것 뿐이다

권태기

차편이 있었다면 와 주었을까
시간이 있었다면 가 주었을까

사실 그건 머리가 먼저 알지
발길이 떨어지지 않는 건
시선이 머무르지 않는 건

그래서 오지 않는 사람을 수긍하고
가지 않는 나를 동의 하는 건

그건 모두 상처받기 싫어서지
잘 생각해 봐
오래 곱씹으며

사랑은 이런 의심들을 처음부터
새싹처럼 돋아나게 하지 않아

그녀의 방

마침내 거울을 본 여자가 말했다
'내 잘못이 아니야'

그녀는 자유를 찾았고
열리지 않는 방에
영원히 갇혔다

거울은 항상 그 방에 있었다

기꺼이

좋은 글이 넘쳐서 강물이 되었다
나는 기꺼이
부정의 아이콘이 되겠노라

좋은 말들을 새기는 일은
실은 힘들었다
넘치는 잔을 감당하지 못했다

사람들은 역사에도, 일기에도
과오는 잘 기록하지 않는다

기다림, 동행

빈 의자가 있다
언제든 해가 뜨고 지는 아름다운 풍경을 볼 수 있고
잔잔한 바람과 시원한 공기를 맡을 수 있다
당신이라면 이 의자에 누구를 앉힐 것인가

대부분의 사람들은 사랑하는 사람을 떠올릴 것이다
아프거나 마음을 다치거나
사랑하기 때문에 치유를 기도하며
이곳에 앉혀두고
아름다운 풍경을 보여주고 싶었을 것이다

하지만 그건 욕심일 수 있다
누군갈 아끼고 사랑하기에
선사해 주고 싶은 나의 욕심일 수 있다
의자는 내가 먼저 앉아보아야 한다

이곳에서의 풍경이 어땠는지 내가 느끼고
내 감정을 위로받았다고 해서
모두가 그럴 거야 너도 그래야 해라는 마음으로
억지로 앉게 해서는 안된다

내가 할 수 있는 일이란
다음 사람을 위해 의자를 내어주고
조용히 그 자리에서 피해주는 것이다
그 사람이 잠시 머물 수 있도록
그리고 아름다운 풍경들을 스스로 느낄 수 있도록

긴 잠을 자는 사람을 보게 되거든

긴 잠을 자는 사람을 보게 되거든 생각하라

슬픔이 그토록 많았구나

외로움이 이토록 많았구나

깨우지 마라 이 사람은 지금

숨을 곳이, 피할 곳이, 갈 곳이

몸을 누일 곳이

고작 침대 한 칸이다

나는 이별을 이렇게 해

오래된 얘기 같지만
우리가 오래되었으니까
당신을 봐도 즐겁지 않아

그럼 이 오랜 평온함에게
인사를 건네야 할까
오래 고민하던 밤이야

나는 이별을 이렇게 해
오래 고민하고
어느 날 느닷없이

나는 이별을 이렇게 해2

긴 시간들을 감정들과 한데 묶어
쉽고 빠르게 자유로워지려면
한마디면 충분해

안녕

이별은 이렇게 하는 거야
가슴은 뜨겁게 머리는 차갑게
가득 채우던 방을 가방 하나로
일단락 짓는 여행처럼
조촐하게

나는 잘생긴 사람이 좋다

나는 잘생긴 사람이 좋다

더 구체적으로 정확히 말하면

자기가 잘생겼다고 생각하는 사람이 좋다

그 뻔뻔함이 어디서 나오는 건진 몰라도

미남이든 훈남이든 혹은 추남일지라도

그 자신만만한 그래서 뻔뻔한

자신감이 좋다

내가 정말 싫어하는 사람은

잘생기지 않은 사람이 아니라

잘난체 하는 사람이다

그리고 지금 쓰는 이 글의 글씨체 이름은

'잘난체'이다

나도 꼰대입니다만

나는 꼰대를 싫어하지 않는다
내가 싫어하는 건 말이 안 통하는 사람이다
편견일지 모르지만
대체로 말이 안 통하는 사람은
얼굴에 말이 안 통하는 사람이라고 쓰여 있는 것 같다
몇 마디 나눠보면 습관이 드러난다

단지 나이가 많다는 이유로 존중받길 원하면서
단지 나이가 적다는 이유로
당신들이 말하는 새파랗게 어린
젊은, 자식뻘, 조카뻘의 청춘들에게
연륜을 가장한 인정과 수용도 없는
쇠고집을 강요해서 되겠는가?

당신보다 나이가 적은 사람에게
바늘땀보다 작은 지적은 당해도
그것이 합리적인 것이라 할지라도

싫은 것이다 이유가 없다

그것은 전혀 철학적이지 않은 쇠고집이다

나로 말할 것 같으면

다정한 손에는 슬픔
애틋한 눈에는 기쁨

닿을 듯 거리에 둔 먼발치
닿으면 흩어지는 꿈

눈물을 담아도 기쁨
눈물을 거둬도 슬픔
멀고 긴 여운

나로 말할 것 같으면

나의 아침은 천천히 와도 좋다

아침이란 꼭 기대했던 것만큼
채워주는 것이 아니어도 괜찮았다

간밤에 한숨이 적막한 방을 가득 채우고
눈감아도 오지 않을 것 같은
한 줌 희망이랄까
꼭 그런 비슷한 것이
명분도 없이, 느닷없이 눈을 뜨자마자
방문을 두드렸다면 나는 오히려
한 발짝 물러섰을 것이다

내 것은, 나의 것은, 내게로 오는 것은
미풍에 쓸리듯 잔잔하고
천천히 와도 괜찮을 것 같다
언젠가 내가 기다렸던
그 모든 것을 마주했을 때
오래 더 오래 만끽할 수 있도록

나의 요새

근심처럼 켜켜이 옷가지가 쌓인 곳
넋두리처럼 이불이 널브러지고
꼬리 물던 생각들이 멈춘 듯
먹다 만 라면이 덩그렇니

읽다 만 책 속엔 끄적이던 연필 자국
걷던 길 멈추고 길 잃은 나
상념이 푸념이 되고
푸념이 공중에 떠다니는 곳

먼지처럼 흩어진 기쁨 슬픔
잔잔히 새어나는 피아노 소리
위로도 않고 저 혼자 울리다가
두 눈 위에 살포시 내려앉는 밤

근심처럼 켜켜이 옷가지가 쌓인 곳
넋두리처럼 이불이 널브러진 곳

낙원

행복을 얻으려고 간 곳이 아니었다
슬픔을 덜려고 간 곳이었다

발길을 돌렸을 때
달과 태양이 함께 있는 모습을 보았다

남이 된다는 것

멀어진다는 건
나의 우울감이 증폭되는 것

안부를 묻지 않아도
오늘이 무사히 지나가고
내일이 어김없이 오는 것

말하지 않아도
시간으로부터 침묵이
그럭저럭 순간들을 버텨주는 것

그리하여
이별이라는 건
언젠가는 마주했을 오늘이라는 것

너에게 건배

초대를 받았다
손님으로 초대해 놓고 정작 초대한 사람은
아무것도 하지 않았다
자신이 만들어 놓은 세계를
알아서 구경하라는 식

그럼 볼거리를 줬어야 예의지
영광이 있어야 구경을 하지
영광은 쏙 빠지고 앞뒤로 나란히 세워 둔
당신의 추종자 수를 보여주고 싶었나

이룩한 게 없으니 영광이 없지
이룩할 게 많다고 입만 털었으니까
남은 시간을 조용히 누려
요란하고 시끄러운 너처럼
그럼 난 이만

네잎클로버

네잎클로버를 그려보자
행운을 상징한다
정확히는 세 잎을 가진 토끼풀의 기형이다
하지만 상징의 의미가 더 크다고 생각한다
그건 부정할 수 없다

다만,
운에 목숨을 걸어 의지를 상실하는
어리석은 일은 없길 바란다
그것이 내가 이 글을 쓰는 이유다

끈 떨어진 뒤 웅박처럼
팔자 탓을 하고있는 사람이 있다면 생각해 보자

길을 가다 떨어진 돈을 발견했다
그것은 행운이다
옛날엔 그랬다

지금은 상황이 달라졌다
점유물이탈횡령죄다

모르고 주워도 법이 봐주질 않고
내가 알면 양심이 봐주질 않는다
행운은 아니라는 말이다

네잎클로버가 행운인가?
길에 떨어진 돈이 행운인가?
유전자를 조작해 네잎클로버쯤은
얼마든지 만들 수 있는 시대가 되었다
그러니 낙심할 일이 없다

운을 만들 수 있는 좋은 시대에 내가 살고 있다
급변하는 시대를 인정하고 수용하고
난관에 봉착해 낙담하는 나를 성찰하고

한풀 꺾일 일이 있다 한들
풀밭에서 네잎클로버를 찾은 일쯤은
별것 아닌 일처럼 여기고

운 탓이라던가 팔자 탓이라던가

내 의지를 꺾어버릴 일은 내가 만들지 않으면 된다

놔

딱 말할게 처음부터 다시
그러니까 잘 들어

질투하지 마
집착하지 마
애증 하지 마

부족했으니까 잘난 거 없으니까
당신 아니고 내가
헤어졌잖아

저 위의 세 줄 '잘난 당신'이
나에게 할 이유 없지?

그러니까
놔

눈물

어떤 눈물은 길을 잃고
먼 곳으로 흐르다가
깊은 강이 되기도 한다

울면,
눈물을 보이면,
삼키지 않으면

동의 없이 패배자가 되고
더 얹어진 죄를 얻고
더 깊은 강바닥으로 가라앉는 일

그래서 눈물은
본래의 색 꼭
슬픔이어야 한다

다시 생각해 보니

사랑에 후회하지 않는 이유는
최선을 다했기 때문이라고 생각했는데
아니었다
최선을 다할 만큼 사랑하지 않았던 거다

다행이다

사랑은 떠나가고
봄은 지나고 없고
허전한 마음엔 추억할 것이 없다

홀로 서 바다를 보니
얼마나 다행인가

삶이 이토록 녹록지 않음에
나는 꿈 꿀 것이
얼마나 많은가

달에게 물었다

오늘은 달에게 물었다
"내가 미움을 사는 이유를 모르겠어"
대답이 나올 리 없다
메아리도 산에 가야 있다
건물 옥상 꼭대기서 묻는다고 달이 가까워지나
1층에서 보나 10층에서 보나 달은 그 자리에 있다
내 질문도 그렇다 내가 깨치지 않는 한
그저 나는 미운 오리 새끼다
인생의 고달픔에 시달리는 사람이 있다면
늘 자신에게 먼저 물어보아라
늘 해답은 질문을 던지는 자신에게 있다
그리고 살다 보면 달이 뜨지 않는 밤도 있다는 걸
알게 될 것이다

당신 때문에

폭풍이 이는 언덕에 넋을 놓고 서도
눈썹 한 올 흔들림 없는
고요는 평온은 안식은
언제나 내게 시선을 거두지 않는
당신이 있기 때문이다

당신은 왜 사과하지 않습니까

안개 자욱한 구간을 지나며 내내 생각했다
용서를 구하지 않는 자에게
나의 위태로움을 나열할까
너의 위태로움을 나열할까

사람의 마음은 이토록 변덕스러우니
나 또한 사람이다 안도할까

누군가 제시한 방안에 대해
그르치면 내놓을 대안에 대해
안개만큼 흐린 내일에 이성을 불 지펴 볼까

앞에서 혹은 뒤에서 그리고 옆에서
쏟아지는 충고들을 엮어 무장해볼까
시험하지 마라 나는 아직 사람이다

당신의 손이

당신의 손이
당신의 미소가
어쩌면, 당신이 있다는 사실만으로

누군가에겐 모든 아픔에
당신이 치유일 수 있다
사랑에 이유가 없듯이

당신이 생각났다

멈춘 신호등에 당신이 생각났다
의미 없이 일정한 걸음
걷다가 문득
밥을 먹다가 어느 틈에 낀
한 숟가락 찰나

당신이 생각났다

신호는 바뀌고
발길은 돌리고
좋아하는 음식을 먹었다

아주 잠깐 문득 찰나
당신은 사라지지 않았다

네깟 게 하찮던 당신이
암묵적 기억처럼 생각났다

당신이라는 시

갈바람에 휘청일 때 운 건
꽃잎이 흩날릴 때 웃는 건
강을 보며 강둑을 끝없이 걷던 건
별의 수만큼 마음도 무한할 거라 믿었던 건
하찮은 것에도 신념을 가졌던 건

그리하여
모든 감정을 글자에 써 내려갔던 건
모두 당신에게 기인한 것이었다

그러니
당신을 쓰지 않으면
사라질 것을 믿는다

더불어 사는 최소한의 방법

어떻게든 상대에게 나의 입장을
조금 더 이해시키려는 마음

말하지 않아도 눈빛만 봐도 알아주는 사이였으니
이해해 주겠지 하는 마음

아니면 말지 피곤하다 라며 내다 버리는 관계
이렇게 버려진 관계들이 쌓이면

바라던 대로 소원한 대로
정말 아주 창의적으로 독립적으로
혼자가 된다

동창생

너희를 만나고 보니 28년이 흘러 있었다
교복을 입고 교정을 누비던 열아홉이
그간 아무 일 없듯 모두 거기 있었다

그들의 변화는 오직
그들을 지탱할 식구가 늘어있고
다시 열아홉을 기억하고픈 이유를
주머니에 하나씩 넣고 왔다는 것이었다

뒷모습을 보면

말없이 뒷모습을 보면
모두 슬픔이다

어깨에 지운 앞가림
발끝에 달린 책임감

삶 속에 뛰어든
선택권 없는 동질감

허나 살아간다는 건
그것 자체가 축복

당신은 누군가에게
세상일 수 있고
삶의 의미일 수 있다

기죽지 마라
마주 보면 모든 것이
너의 편이고 힘이다

말없이 뒷모습을 보면
너는 아직 마주치지 못한
기쁨이다

마음의 언어

말하지 않았다면 몰랐을 거다

사람들은 눈으로 보고
귀로 듣고 말하는 것 말고

그 작은 것에 무언가 담기기도 하는걸
믿지 않는다

눈짓
속삭임
미세하게 올라간 입꼬리
마음 담긴 것들은 경이롭다

마음으로부터 오는 것이라
마음을 열지 않으면 읽을 수 없다

말을 조심해

나는 알지
당신이 두려워하는 게 뭔지

글의 힘
당신의 태산 같은 말보다
내 글 한 줄이 더 무서운 건

글은 어떻게 해도 쓰는 순간부터
존재 자체가 기록이기 때문이지
그러니까, 앞으론 말을 조심해

망각

망각함으로 살 수 있다
티끌이 쌓여 태산이 됐다
그 아래로 감정의 골짜기가 흘렀다

이래도 부족하고 불완전한 사람이 좋아?
이렇게 저렇게 가져다 쓰고
때로는 발밑으로 밀어다 놓는 인간관계란
사람의 간사함이란

인간의 가장 큰 죄는 항상
생각보다 앞서 뱉는 '말'이다

맷집

'맷집 좋게 생겼다'
덩치가 큰 사람에게 하는 말이다
좋은 뜻인지 나쁜 뜻이지는 모르지만
나쁘게 더 많이 쓰였던 것 같다

맞아도 덜 아프겠지
과학적으론 어떤지 모르겠다
그런데 이런 생각이 들더라
덩치가 커서, 맞는 부위도 더 많아서
아픔도 더 많겠구나

감정도 그렇지 않을까
감정에 무뎌짐이란 게 정말 있을까
그런 척, 그런 기술은 늘었을 수 있겠다

감정에 무딘 사람은
배로 힘든 사람일 수 있다
슬픔을 이긴 지혜일 수 있다
맺집은 슬픈 단어 중 하나다

모르는 사람입니다

그와 눈이 마주쳤을 때 나는 한눈에 알아보았다
나와 눈이 마주쳤을 때
동공이 흔들리는 걸 보았다

잠시 머물렀다가 모자와 마스크를 쓰고
이내 자리를 떴다

어떤 인사도, 말도 건네지 않았다
이십 년이 지났다

6년을 만났지만
우리는 모르는 사람이었다
나도 자리를 뜨고 밥을 먹으러 갔다
대수롭지 않은 똑같은 하루였다

모함

누구도 무성한 소문의 고향은 알지 못했다
신작로 내듯 길은 어디에나 있고
발길 닿지 않는 곳은 없었다

문전성시 사람들로 문지방이 닳아야
문이 닫혔다
한바탕 소란이 굴뚝에 피어나고
눈덩이처럼 구르다 박살이 나면 끝났다

수면 위에 아지랑이가 피어날 리 없다
발밑에 소문만 무성하다

미안하다

따뜻한 사람 배려하는 사람
마음이 깊은 사람
드물게는 냉정하지 못한 사람

내게 붙은 수식어는 참 다양한데
유독 네게만은 그러지 못했다

어쩌면 하늘이 맺어 준 연 일까
천륜 같은 악연도 있다는걸
너를 보며 종종 생각하곤 했다

따뜻한 때를 지나
배려하지 못한 순간들이 쌓이고
마지막은 냉정하지 못한 사람으로 남긴걸
미안하다

인연도 내가 맺고
져버리는 것도 하지 못해
비통함으로 남긴 날
미안하다

봄이 오면 새것처럼 돋아날까
새순을 싹 틔울까
긴 끈 잡고 놓아주지 못한걸
미안하다

여러 해 봄을 거듭하고도
나는 또 생각만 한다
입춘이 지났다

당신을 틔우지 못한 꽃으로 남긴걸
미안하다

미안합니다

나는 사람을 좋아한다
공교롭게도 싫어하는 것 또한 사람이다
내가 순백의 사람이 아니기에 그런 것이다
이건 오로지 나의 문제이다
그들의 잘못이 아니다
오늘 밤 조용히 고백해 본다
고요한 밤 혼자 읊조린다
미안합니다

바람 부는 언덕

휑한 바람이 불었지
그 바람은 늘 가슴을 관통해
쓸데없이 아프고
쓸모없이 남겨지지

해가 기울기 전
한 모금 한숨 같다랄까
쓸데없이 깊고
쓸모없이 남겨지지

밤마다 눈을 감으면
가슴을 똑똑 두드리지
바람 부는 언덕이 여기에 있어
날마다 바람 소리를 듣지

쓸데없이 아프고
쓸모없이 남겨지지

반짝

누군가 이 몹쓸 무모함이 반쪽이라
가능성이 불가능에 잠식당하고
서서히 무너지는 광경을 말해 줄 때
나는 이렇게 춤을 춰

말은 길을 잃고
마음은 넋을 잃고
한 사람을 잃지

누군가 이 몹쓸 무모함에 대하여
반짝
깃털처럼 가볍게 여길 때면
나는 춤을 춰
반짝이길 멈추고 반짝거리지

밤

내가 유일하게 이길 수 없는 밤
그것은 달빛
그것은 별빛
모든 걸 고요케 하는 평온함
날개를 접은 새들의 안식
움트는 꽃봉오리 그 속에 담긴 향기
잔잔한 바다
뒤섞인 감정들의 쉬임과 단잠
어둠을 쓰고도 아름다울 수 있는 시간

그러나
나는 이 모든 것들을 볼 수 없는 이방인
내가 유일하게 이길 수 없는 길고 긴 밤

방관

당신이 아픔을 힘겹게 토사물처럼 쏟아낼 때
나는 차라리 방관자이길 택하며
힘겹게 가슴으로 삼킵니다

나는 들어줄 수 없고
들어준다 한들 위로할 깜이 없고
방도가 없으니 고백컨대
차라리 내 작은 그릇을 탓함이 당신에게
이로운 것이었답니다

외면하니 눈은 편하나 마음은 편치 않고
머리는 이해하나 가슴은 저리고
이토록 태세에 전환이 쉬이 되는 걸 보니
나의 미약함을 들키는 건 또 나의 고통입니다

그러니 젊어지지 않는다 하여 원망치 말고
마음이 없어서가 아니라 그릇이 작아서니
어딘가 웅크려 울지만,
제발 홀로 울지만 말아주세요

배우자의 신 고찰

가만히 살펴보면
어떤 풍파에도 흔들림 없이
헤어지지 않고 오래오래 잘 사는 부부들의
특징이 있더라
이건 지극히 내 개인적인 생각이다

통찰력 있는 사람의 배우자는
통달한 사람이거나
통달한 사람의 배우자는
통찰력 있는 사람이거나

그렇지 않으면
어느 한쪽은 무조건 져 주는
순종적인 사람이다

조율하고 맞춰가는 일을

잘하고 있다면

그대들은 정직하고 아름다운 가족

분위기 탓

바다를 마주하니
당신이 생각났다

내 탓이 아니다
당신을 떠올린 건

공간은
시절을 불러온다,

불면

석양 아래로 사람은 흔적이 없고
기억은 흐릿해지고
밤은 사라지고
그럼에도 시간을 움켜쥔 사람이란

흘러간다는 건
지나간다는 건
숨죽이고 지나가는 길고양이를 지켜보는 일

매일 밤을
소리 없는 발걸음에 귀 기울이며
하나둘 켜지는 불빛이나 헤아리는 일

불은 뜨겁다

불은 뜨겁다
모두가 알고 있는 사실이다
불이 뜨겁다는 걸 누군가 가르쳐 준 적이 있다
기억이 있던 시절부터 나는 그렇게 알고 있었다

만져보지 않아도 뜨거운 것이구나
내 손을 데일 것을 걱정해
어쩌면 그보다 더 큰 상처를 입을까 봐
수십 번 수백 번 알려 준 것이다

그런데 불에 데어 본 사람들은 두 갈래로 나뉜다
불은 아픈 것이다 그러니 조심해라
내가 데어봐서 아니 너도 데어보아라

사람 마음도 그렇다
상처를 입으면 분노와 슬픔으로 나누어진다

분노는 상처를 입히고 슬픔은 상처를 입는다
어느 것을 택할지는 자신의 몫이다

먼저 경험한 일들을 통찰력이나 지혜로 쓸지
부정을 뒤집어쓴 달관한 사람이 될지
불같은 마음을 다스리는 건
오로지 자신의 선택이다

어른들은 늘 대가 없이 먼저 익힌 것들을 가르쳐 준다
우리가 아이들에게 가르쳐 주듯이

당신이 익힌 것이 불은 뜨거운 것이다 라는 사실일지라도
불에 손을 끌어다 데이게 하며
가르쳐 주는 사람은 되지 않기를

뜨거운 마음 대신 오래도록 온기를 품어
많은 사람을 품을 수 있는 통찰력 있는 사람이기를
참으로 참으로 불을 다룰 줄 아는 사람이기를

비밀

내가 한 말을 모두 주워 담고 싶다
너에게 들은 말을 모두 돌려주고 싶다

나이기에 가능했던
비밀도 칭찬도 하소연도

유일하다는 건
만드는 것이 아니라
끝까지 지켜내는 것이다

비상

의외였다
사실, 나락으로 떨어지는 나에게
괜찮다고 말해 주는 사람은 많았다

그러나 누구도 한 번도
떨어져 있을 나도 괜찮을 거라고
말해 주진 않았다

그때 알았다
괜찮다는 말은 낙오된 이에게 건네는
위로는 아니라는 걸
떨어지는 순간에나 할 수 있는 말이라는 걸

그래서 말해 주고 싶다
바닥으로 고꾸라지는 너도
괜찮을 거라고
고꾸라졌을 너도 나는 괜찮다고

사랑, 희망

예상하지 못한 일은 늘 불안했다
틀 없이 구워진 반죽 같다랄까

그런데 마음에 여유가 생기면
얘기가 달라진다

강가에 널린 자갈밭에서
너의 심장을 닮은 돌 하날 주운 것처럼
신선하다

희망이 그런 것일까 생각해 본다
사랑이 그런 것일까 생각해 본다

사랑의 형상

보름달이 아니어도 좋았다
채워지지 않는 그 부족함이 좋았다

모자란 부분과 빈틈을 감히
내가 채워줄 수 있다는 게 좋았다
그래서 나는 더 부족한 사람이었다

모자란 부분을 채우는 일은
어쩌면 아주 오래 걸리는 고단함일지도 모른다는 걸
나는 잘 알고 있었다

하지만 그렇기에 오래오래 곁에 머물며
사랑할 수 있다는 것에 발을 묶어뒀는지도 모른다
사랑은 그런 형체 없는 노력인지도 모른다

당신이 어떤 모습이건 나는
날 저무는 매일 밤을 사랑할 것이다

이것이 오류일지라도

누군가 내게 이런 사랑을 퍼붓는다면

나는 긴 가뭄 소나기 맞이하듯

기꺼이 품을 것이다

사랑이 죄는 아니잖아

사랑이 죄는 아니잖아?
안타깝지만 틀렸다
사랑은 죄다

다르다 라는 말을 빌려
미화시키고 싶지 않다

다만 앞서 붙이자면
내 생각이다
그리고 때때로라고
분명히 밝혀 둔다

저 말은 불륜에만 쓰이는 게 아니다
사랑한다는 이유로
마음을 준 이유로
상대방에게 다양한 유형의 빨대를 꽂는 일

사랑을 방패가 아닌 무기로 삼는 일
그걸 알고도 가스라이팅을 허락하는 것

바로 이 지점에서 사랑은
명백한 죄다

사전은 필수

지식 좀 쌓으려고 책을 폈는데 지식을 쌓고 와서

책을 봐야겠더라

공부보다 책이 어렵다

한글은 뗀 건가 의문이 들었다

인생에 어려운 문제들과 직면했을 때

무작정 책을 쌓아두고 정답을 찾으려는 사람들이 있다

자신이라는 사전을 펼쳐보자

깊이 들여다보고 성찰하면 알게 될 것이다

해답은 늘 자신 안에 있다

삼각관계

사랑이 그치고
눈물이 멈추고
달라진 게 없지만
누구도 아프지 않을 때
그때는 춤을 춰야지

누구라도
끝을 내야 한다면
나는 기쁨을 담을 거야

그리고 멈춘 발아래
눈물 어린 사랑을 담아
또박또박 내일을 향해 걸어가야지

색안경

길을 잃은 적 없다
방향을 알고 걷는 것이다

길이 몇 갈래로 나누어지던
내 발이 걷고 있는 것이다

그러니 내 발아래 놓인 것이
자갈밭이든 가시밭이든

나를 업고 기꺼이 걸을 게 아니라면
끼어들지 마라
내 갈 길을 가고 있는 것이다

경로를 흐리지 말아라
두 눈이 보고
두 발이 걷고
뇌가 인지하고

정확하게 가고 있는 것이다

흐리게 보는 건 오직
당신들의 눈이다

생각

생각이 많아서 좋은 점이 있었던가
이를테면 비워내자라고 다짐하는 것도
생각이다

모든 처음은 생각 끝에 내린 결론이다

성장

쥐구멍에 해 뜬다

그럴 리 없는 건 모두가 알지

쥐구멍엔 해가 들지 않는다

집을 부수고 방향을 틀고

낡은 곳을 고쳐야 해가 뜬다

가만히 앉아서 시간을 헤아리는 일만큼

어리석은 건 없다

성장은 오직 생각의 전환이다

손절, 걸러내기

좁다
한 다리 건너면 아는 사람이다

보고 싶지 않다
듣고 싶지 않다
굳이 아는 체를 않는다

분명 채에 거르듯
걸러낸 사람이었을 것이다

그래도 어딘가에 남아
공기처럼 떠돌다
눈에 들어온 것일게다

당신도 그렇겠지
이런 생각을 하니
손에 쥔 채의 구멍이 성글었다
다시 꿰어 손 봐야겠다

순수의 색

민낯을 드러낸 창백한 무지함이란
밑바닥까지 가고도 돌아올 줄 모르는
가장 어두운 하얀색이다

스승의 영광

정상에 오르는 영애와 기쁨을
극대화 시키며 절벽 아래로 밀어냈다는
어느 스승의 말을 이해할 수 없었다

오기라던가
이 악무는 버팀으로
찢어지는 고통을 감내한 자만이
얻을 수 있다는 논리가 된다

결국 고통을 이긴 건 제자인데
교훈의 영애는 스승의 것이 된다
감사한 일이지만 묻고 싶다
과정의 아픔도 당신이 함께 겪었는가

정상에 오르지 않았다면
묻힐 영광은 아니었을까

슬픔이 고독에게

남자의 고독은 여자보다 짙은 것이어서

눈에 어린 것들도 슬퍼 보였다

그래서 깊어 보였다

그런 눈을 마주 보고 있으면 그 크고

깊은 슬픔에 빠져들어

내가 가진 슬픔이 작아지는 것 같았다

그러나 세상 어디에도 고독이 슬픔을 껴안진 않는다

다만 닮은 모습으로 서로를 바라볼 뿐이다

슬픔이 슬픔에게

나의 슬픔은 나의 것이라
크고
깊고
당신에겐 감히 가늠할 수 없는 것

당신의 슬픔이
초라해진 건 당신이 아니라
나의 슬픔이 오만한 것

그러니 그대 슬픔
내 크고 깊고 오만한 슬픔을 덮고
평온히 잠드소서

신념

나의 신념을 절대로 가벼이 여기지 마라
세기를 거쳐 존경받는 사람들의 사상과 신념은
평생을 뒤흔들 만큼 거대한 이유가 있다

모르는 사람이다 안 보면 그만이다
정말 그렇게 생각하는가
왜곡되어 심어지는 신념은 누군가의 인생을
평생 망쳐놓을 수도 있다

가까운 사람에게는 수정이 가능하지만
모르는 이에게 나를 설명하고
암묵적 이해를 강요하는 일은
위험한 일일 수 있다

신이 주신 선물

토끼가 말했다
내가 왜 잘못이야? 네가 나태한 거지!
난 억울해

거북이가 말했다
억울하면 다시 해
우긴다고 결과가 바뀌진 않아

그들을 본 개미가 말했다
거북아 가만 보면 넌 은근히 까 내리는 거 알아?
난 백날 일만 하는 데 제자리야

그러자 거북이가 말했다
이 자식아 넌 그냥 일중독이야!

그 모두를 본 베짱이가 말했다
이것들아 그런게 뭐가 중요해
그냥 좀 즐겁게 살자

정적이 흐르는 밤이 오고
모두 집으로 돌아갔다

토끼는 그날 밤 기도했다
다음 생엔 거북이로 태어나게 해 주세요

거북이도 기도했다
다음 생엔 토끼로 태어나게 해 주세요

개미도 기도했다
다음 생엔 베짱이가 되고 싶어요

베짱이는 음악을 들으며 편안히 잠들었다

모두 잠든 밤
신이 그들의 꿈으로 찾아가 말했다

굳이 소원이라니
내일 아침이면 소원이 이뤄져 있을 것이다

아침이 왔다
그들 모두 사람이 되어 있었다

신이 말했다
토끼는 나태가 아니라 태만했다
거북이는 겸손하지 못했다
개미는 삶을 불행으로 여겼다
베짱이는 어차피 죽을 거다

불만 많은 너의 모두를
사람으로 만든 까닭이다

다음 생에 가장 큰 걸 주었으니
불평 없이 행복하게 살아보거라

신호등

살다 보면 가끔 깜빡이도 안 켜고 훅 들어오는
사람들이 있다
그런 건 사실 사랑 하나로 충분하다
그것도 어릴 때 이야기다
주어도 없이 밑도 끝도 없이 자신을 설명하고
이해를 강요하는 사람들이 있는가?
진정한 자유와 존엄은,
이해관계가 없는 불특정 다수, 그곳에서의 질서다

실패와 실수

실패자들이 무서운 건
그들의 실패가 전염되기 때문이다

실패를 거듭하고도 일어난 사람들을
우리는 절대 실패자라고 하지 않는다

실수를 거듭하며 안주하는 사람들이
진짜 실패자다

싸움

너는 너의 말을 하고
나는 나의 말을 하고
모두 각자의 말을 하다가
분명한 잘못과 진실은
행방이 묘연해졌다

아다지오

모든 것이 아주 느리게 느껴지는 순간들이 있다
슬픔에 잠식당하는 순간
사랑이 심장으로 스며드는 순간
고통에 등 떠밀려 아무것도 할 수 없는 순간
이해할 수 없는 일들이 억지로,
그럼에도 이해가 되는 순간
사랑하는 사람과 걷는 순간 순간
그 사람의 눈에서 나를 발견하는 순간
삶의 이유가 분명해지거나 혹은
잔인한 운명이 받아들여지거나, 이 모든 순간들이
당신 안에서 이루어지고 있다는 걸 깨닫는 순간
그렇다면 당신은 자신의 삶을 이해하고 사랑하는
순간과 마주하고 있는 것이다
삶은 아다지오 천천히 당신과 함께
발을 맞춰 걷는 순간순간의 연속이다

아라뱃길

잔잔한 강둑을 몇 번을 오가야
잠들 수 있을까

적막한 침묵을 가쁜 숨으로 몇 번을
깨뜨려야 아침을 볼 수 있나

뱃길에 배는 사라진지 오래
불리운 이름으로 기억만 하고

발맞춰 걷던 이 물가에 비친
아른거리는 물그림자로 떠오르네

이 강둑을 몇 번을 뛰어야
당신이 사라질까

아빠는 한량이었다

아빠는 한량이었다
낚시를 마치고 온 날엔
마당 수돗가에 발라진 물고기가
널브러져 있었다

나는 풍선처럼 부푼
부레를 툭툭 찌르며 놀았다

어떤 날엔 야구를 보고
화단을 가꾸고, 내가 탈 썰매도 만들었다
그래서 우리 집 마당에는
목단꽃관 고욤나무가 있었다

아빠는 종종 퇴근길에 과자나
노란 봉투에 담긴 튀겨진 닭을 사 오셨다

아빠가 목수였는지 사진가였는지
통장님이었는지 사실
정확한 직업은 모르겠다

동네 아저씨들이 나를
승금이의 막내딸 '행복'이라고
불렀던 기억이 난다

치열한 건 엄마뿐이었다
그건 내가 나이를 먹고 난 후 든 생각이다

한량은 일정한 직사가 없이 놀고먹던
말단 양반 계층이다

그 시절 대부분의 사람들은 치열했고
아마도 아빠는 예외였던 것 같다

하지만 나는
아빠의 그런 여유로움이 좋았다

때때로 태풍이 인 것 같은 기분이 들 때
나는 생각한다

아빠의 여유는 어쩌면
태풍의 눈처럼 누구보다도 더 슬프고
잔인한 것은 아니었을까

태풍이 일면 그 가운데로 뛰어 들어가 쉬어라
곧 지나간다

사는 것은 치열함의 연속이다
슬픔과 고통이 밀려오면 나는
아빠가 만들어 놓은 목단꽃 사이로
고욤나무 아래로 숨는다

악의 본성

염탐만 하고 칭찬에 인색한 이는
자신의 감정을 매일 조금씩 갉아 먹힌다

남을 신경 쓰느라 머릿속은 바쁘고
조용한 수면 위로 자신의 시기와 결점이
동동 떠다닐 테니

이런 이들은 대체로 조용하나
종용에 능해 실체가 드러나지 않는다
다만 스스로 구갈에 시달릴 것이다

약속

나는 약속 같은 걸 믿지 않는다
믿는 건 오직 가슴에 손을 얹은 맹세뿐이다

흔들리지 않을 걸 어떻게 장담하지
맹세는 신이 알지 약속은 당신이 알고

그럼 신이 있다는 걸 누가 알지
그래서 두려운 거잖아 모르니까

네 양심이 우는 소리에 귀 기울이렴
그게 당신이 할 수 있는 유일한 약속이야

어깃장(꼰대)

무엇에 그리 부아가 났습니까
열 맞춰 세운 행렬 노심초사 금이라도 밟을까
누군가 누를 끼쳤나요

잠잠한 연못 위 홀로 핀 연이 되고 싶습니까
진흙탕 게워 내듯 거멓습니다
그리 핀 꽃이 아름답습니까

대인이 열이라도 죄목은 제각각
잣대를 들이대면 이탈자는 생깁니다
잠잠한 건 그대뿐입니다

어느 노부부의 밤

움푹 패인 몇 가락
고랑에 갇힌 노인을 보았네

한 시절은 아름다웠고
한 시절은 멋을 담았을
별의 수를 세던 눈짓이

불완전한 몸에 갇혀 초롱 하게 빛나던
반짝임을 보았다

이불자락을 가슴까지 덮어주며
이렇게 말했다
잠은 달아났지만
내가 내내 당신 곁에 있겠노라고

어떤 밤

잠이 오지 않는 밤
너 때문일까 나 때문일까
같이 묶어 가던 길에 노선이 갈라졌다

반으로 쪼갠 사과 같은 밤
묵묵히 걸어봐도 별이 뜨지 않는다
발끝이 묵직하다

나는 여기 있고 목표는 저기 있고
멀어서 서럽고 가까워서 화가 난다
그런 나라서 짜증이 서말

뒤섞인 감정처럼 혼탁한 밤
베어 문 사과처럼 불완전한 달
머리는 여기 능력은 저기
노선을 이탈한 길 잃은 이상

어리석은 사람

질문에 답하지 못함은
진실이 없어서다

진실에 답하지 못함은
마음이 없어서다

길은 어디에나 있으나
어리석은 사람은 보지 못하고
사람을 잃고 자신도 잃는다

얼음 바닥에서

얼음 바닥에 쓰러진 것 같은
기분이었다
일어날 기력도 의욕도 없었다
그래야 할 이유를 찾지 못했다

신이 있다고 느낀 건 그때였다
있다고 믿으면서 살긴 했지만
피부로 느낀 건 처음이었다

얼음 바닥에 내동댕이쳐지는 경험을
거듭해 보고 한참을 있어 보니
심심해지더라 지루해지더라

죽어지지 않는다 생이 그렇다
부모로부터 공으로 얻은 것이니
갚아야 한다

거창한 이유 같은 건 없어도 된다
태어남 자체가 축복이며 이유다

얼음 바닥에서 좌절이 아닌
심심함과 지루함을 느낀걸
다행으로 여기며 툭툭 털고 일어났다

공짜로 받은 삶을
제대로 갚아보기로 했다

엄마 말 들을걸

배가 고파 이 밤에 컵라면을 먹는다
국악원을 처음 갔을 때가 생각난다

엄마는 그때 장구를 배우셨다
먹고살기 바쁜 때였다

아빠가 죽고 젊은 미망인에겐
최선의 사치였는지 모른다

'세상천지 아무것도 몰라요
아직 철이 없어요'

느닷없이 고전무용을 배우라며 나를
국악원에 밀어 넣으며 엄마가 한 말이다
엄마가 왜 그런 말을 했는지
조금 알 것도 같다

몰라도 되는 것들이 참 많아서
모르고 살아도 사는 데 지장이 없는데

내가 이상타 여기는 눈을 가지게 될까 봐
그런 생각을 하게 될까 봐

이상하다는 건
이상한 걸 보고, 겪고, 느껴야
이상한 걸 알게 되니까

그냥 철없는 아이로, 천지 분간 못 하는 아이로
티 없이 자라길 엄만 바랬는지도 모른다

엄마는 갈 곳이 없다

엄마는 갈 곳이 없다
버선발로 뛰어도 시간에 쫓기고
깎아도 다듬어지지 않는 바위 같아
돌아보면 언제나 묵직한 죄인이다

마음에 사랑은 넘쳐 흐르나
전하는 게 서툴러 또 죄인이다
희로애락 쌓인 태산만큼 너는 자라
그 덕에 비(悲)는 내려놓는다

모든 위대한 어머니에 끼어
처음이라 주먹 쥐고 묻어간 자리에
축복으로 기쁨으로 꽃이 피더라
접어둔 내 꿈에 꽃이 피더라

엄마라 갈 곳이 없다
난 길이 오직 너뿐이라
발길 닿는 곳 너뿐이라
뿌리박고 굳게 집을 짓는다

영감

글이 주는 쓸쓸함에 대하여
생각해 본 적 있어?

사람 말고, 사랑 말고
그 모든 걸 다 담아낸 사람을
음악이라던가 그림이라던가
몇 글자에 담아낸다는 건
경이로운 일인데 말이야

머리말에 둔 화초와는 다르지
듣고 보고 읽을 때 쓸쓸함이란
신이 주신 최고의 감각일지도

옆방의 노랫소리

노랫소리가 들린 시각은 밤 아홉 시였다
나는 잠잘 채비를 마친 시간이었다

두꺼운 콘크리트 벽을 뚫을 만큼
슬프고 긴 여운이었다

웃고 있어도 눈물이 난다는 가사는
조용필의 '그 겨울의 찻집'이다

병실 이동으로 낮에 간호사 선생님께 들었는데
옆 병실은 치매 어르신 한 분이 쓰신다고 했다

가끔 혼잣말도 하시지만 해를 끼치진 않으신다 했다
맑은 영혼을 가지신 분이라고 하셨다

벽은 두껍고 노랫소리는 작고 그녀는 가녀린데
온 방이 그녀의 노래로 가득하다

예술, 짧은

쓰다 만 글

읽다 만 책

그럼에도 아직 끝나지 않은 음악

모자란 영감들은

항상 뮤즈를 탓해

오류

모히토에 샷을 추가하고 한 모금 넘길 때
생각했다
경험은 가치 있는 것이구나
다음부턴 모험을 하지 말아야지
라임을 흐리는 쓴맛을 나는 굳이
넘기고 나서야 깨달았다

오만

밖에서 보면 모두 똑같은 사람들이지
들여다보면 다름을 알게 되지
그런데 당신은 들여다본 적 없지
그러니까 말을 함부로 하지마
당신도 그럴 수 있어
'이해'는 그럴 때 필요한 거지
당신도 나에겐 불특정 다수
지나치는 한 사람 미물에 불과하지
친절은 신이 주신 최고의 선물이고
그러니까 입과 눈에 친절을 담아봐

오지랖

친절이 가장 뒤집어쓰기 쉬운 오명은
오지랖이다
사람들은 보이는 대로 본다,
누구도 속은 들여다보지 않는다

오페레타

세상 어디에
정직하고 합리적인 중립이 있나

중립에도 반드시 이유가 있다
전쟁의 중립은 평화가 이유다

사람은 어떠한가
마음이 지금 전쟁 중인가

득을 볼 게 아니라면
평온을 가질 게 아니라면
손해는 보기 싫고

알고는 싶고 알 길을 없고
그러니 제 패를 까는 수밖에

걸쳐놓은 중립
박쥐의 색 회색 노땡큐다

오페레타 단어를 오늘 알았다
박쥐는 비행이 가능한 포유류다

옹기종기(우물 안 개구리)

우물안에 개구리가 살았습니다
무당개구리 청개구리 맹꽁이가 살았습니다
날아오는 파리 모기 풀무치를 먹으며
열심히 살았습니다

어느 날 하늘에 수리부엉이가
우물 위로 나는 모습을 보았습니다
개구리는 그 모습이 신기하고 질겁해
우물 밖으로 나갔습니다

이듬해 개구리는 동면을 깨고
다시 우물로 돌아왔습니다
그리곤 파리 모기 풀무치를 먹으며
열심히 살았습니다

개구리는 우물 안이 좋았습니다
개굴개굴 맹꽁맹꽁 즐겁습니다
고요한 밤이 다정하게 흘러갑니다

습관은 무섭습니다

외로움

문이 열린 적 없다
미동도 흔들림 없이
처음부터 그랬던 것처럼
밥을 먹고 잠을 자고 책을 읽고

스러질 목표를 위해
조용히 치열하게 뛴다

언젠가 누군가
왜 그랬냐고 물어오면
망설일 대답 움찔거릴 대답도
아마 나는 찾지 못할 것 같아

문을 열지 않았고
문이 열리지 않았고
그래서 나는 별도, 비도, 바람도 맞지 않은
행복하지도, 불행하지도 않은

그런 사람 이였습니다

우리가 오늘 헤어진다 하더라도

미래가 없는 사람과 사랑하세요

그런데

나와 미래를 꿈꾸지 않는 사람은

사랑하지 마세요

유감이야

가끔 아는 척 좀 안 해줬으면 좋겠는 사람들이 있다
아무렇게나 아는 사람으로, 친구로,
빨래 널 듯이 가져다 쓸 땐 언제고
무관심 밥 먹듯 하다가 내가 힘 좀 키우니
불편해지는 관계에 내가 해 줄 말은 이것뿐
"유감이야"

이기의 정의

한 번도 나를 위해 산 적 없다
그런데 내가 이기적이래
사실 누군갈 위해 희생한 적 없다
누굴 위해 산 적 없다
그럼 그게 나를 위해 산 삶이 되는 걸까?
포기와 의미 없는 일들만 나열된 삶
이기의 정의를 억지로 익힌 셈
오명을 벗는 일은 양말을 벗는 일처럼
쉬운 일이 아니었다
나는 매번 양말을 뒤집어 벗는다
나쁜 습관이다

이기주의 고찰

이기적인 사람은 끝까지 절대로
자기 입으로 이기적이다 말하지 않는다

'개인 취향이다', '개인주의다' 라고
홑겹이라도 포장지를 씌운다

이 시대의 존중은
우리가 아는 존중이 아니다

필요 이상의 관심을 접고
그들이 무엇을 하든
참견하지 않는 것이다

이별 후에

알면서 꺼내지 않는 것들이 있다
삼키고 묻고 잊는 데는 사실
오랜 인내력이 필요했다

내가 삼켰다고
너도 삼키고 묻고 잊으면 되겠니

더 오래
기억하고 곱씹었어야지
사랑하는 마음으로

이보게 젊은이

오늘은 꼰대를 자청 해 본다
꼰대라고 말해줬으면 좋겠다

신박한 아이디어와 한 방 훅 날려도
아프지 않을 것 같은 열정을 존경했다

매의 눈이라며 나를 칭찬 했다
지금은 내 뺨을 치고 싶다

가만히 들여다보니 알겠더라
패기와 열정 뒤에 숨은 게 끈기더라?
쉽게 꺼지는 게 열정이더라

이상한 사람

이상한 사람을 본 적이 있다
너무 이상하면 이상한 줄 모른다
그 사람의 질문에 아무도 대답해 주지 않을 때
나 혼자 답을 해 주고 있었다

그 광경이 사람들에겐
질문을 던지는 이상한 사람보다
친절히 답해주는 내가 더 이상해 보였을 거다
묘한 적막의 이유를 지나고 나서야 알았다

인생의 어느 지점에 다다르면
자연스레 알게 되는 것들이 생긴다
의아하게도 사람들이 말했던 이상한 그 사람을
나를 진심으로 응원하고 떠났다

정말 그가 이상했을 수도 있지만
박식했고 관점이 다양했다
다만 때와 장소를 찾지 못했을 뿐
이상한 사람은 어디에나 있다

아이러니한 게 있다
때때로 삶의 굴곡진 순간에 그 사람이 생각난다
비난이 아니라 분명 응원이었다
지금 나는 당신에게 이상한 사람인가

인간에 관해

인간은 지적 생명체다
끊임없이 진화한다
그래서일까 누가 시키지 않아도
될성부른 떡잎을 연구한다

언제나 오류는 생겨난다
그 오차범위를 줄이려고 또 연구하겠지
오류인지 시행착오인지
나는 특이한 걸 발견했다
내가 특이한 걸로 하자

예를 들면,
알아보기도 전에
될성부른 떡잎의 싹을 잘라버린다던가
성공한 연예인에게 박수를 보내고도
흠집이 나면 흑역사를 찾아 인생을 몰락시키고

베스트셀러 한 권쯤은 누구나 사면서
대중은 초판엔 관심이 없다
돈이 넘쳐나는 재벌이나 수집가가
그걸 손에 넣으려 애쓴다

싹도 못 틔우면서 밟아 죽이는 일을
하고 있더란 말이다
밟힌 게 나는 아닌지 생각해 본다
밟은 게 내가 아닌지 생각해 본다

오류와 수정을 피곤할 만큼 반복하는 게 인간이다
번복하는 것도 인간이다

나는 사람을 좋아한다
싫어하는 것 또한 사람이다

인생

쳇바퀴를 돌며 생각했다
이 굴레는 이리도 무한할까
그침이 없고 다그침만 있을까
누구도 툭! 하고 멈춰지질 않는다는 걸
암묵적으로 내 발은 한동안
굴림질에 익숙해져 구를 것이다
이 굴레는 이리도 무한할까
나도 모르게 다그치는 굴레에 갇혔다

인생은 게임이 아니야

나는 머리가 똑똑한 사람이 좋다
머리 쓰는 사람 말고

인정욕구

삶은 인정욕구의 연속이다
그냥 사는 것 같지만
태어나기는 사람의 증명이나
위대하고 거룩한 명분에도 불구하고
들여다보면 인정욕구에 갇혀 산다

자식에게 헌신을
선생님에게 칭찬을
연인에게 사랑을
친구에게 우정을
인스타에 공감을

헌신 사랑 칭찬이란 이름을 가지고 있지만
결국 인정받고 싶은 욕구
그리고 마지막은
결국 내가 나에게 인정받고 싶다는 것
권력은 쥔 수장도 국민에게 인정받길 원한다

잉여

그래서 오늘 네가 한 일은 뭐야

오늘 할 일을 내일로 미룬 것

자각

바보는 앞을 못 보고
등신은 뒤를 못 보고
멍청이는 ‘나’를 못 본다

게 중에 똑똑한 자가 있다면
늦게라도 이 세 가지를 깨닫는 사람이다

자아직면

바보등신에게 가장 잔인하고 비참한 순간은

자기가 바보등신인걸 깨닫는 순간이다

작은 소망

누군가 힘들지? 라고 물어올 때
힘들어요 라고 솔직하게 말할 수 있는 용기를

그 용기보다 상대방의 슬픔을 먼저
눈치챌 줄 아는 통찰력을

통찰력보다 힘들어요 라는 말을
기꺼이 나누어 질 수 있는 관대함을

이 모든 것보다 먼저
이 모든 것들을 가질 수 있는 자격을 지닌
내가 될 수 있기를 나는 소망합니다

잠적

시선을 머무르게 하고
발길을 멈추게 하고
심장을 불규칙하게 뛰게 만들던
그 사람이 없다

시간이 지나는 만큼
흔적은 하나씩 사라지고
움푹 패인 보조개를 떠올리려는데
놀란 토끼 눈을 뜨며 크게 열린 동공이
더욱더 어른거리며 머리를 지배하는 걸 보니
그 사람이 정말 사라졌다

어디에도 어디서도
웃던
놀라던
근심 어린 표정들이 없다
그 사람이 없다

장사치에게도 배울 게 있다

가식이 꾸준하면

그것도 겸손이더라

내가 그들을 비난할 수 없는 이유다

적에게 사랑을 보내라

너를 보고 있노라면
반짝이는 별에 가린 차오르지 않은 달 같아
쓰리고 외롭고 달지 않아
한 움큼 낮이라도 쏟아주고 싶은 기분

각진 것들에 치이다 한쪽으로 치워진
구겨진 종잇장 같다랄까
쓰다만 글자에도 건질 것이 남아있고
뒤적이다 찾아낸 쓸모 있는 것이랄까

한쪽으로 밀어내고 멀리서 보니
바닷가 수북한 모래알 하나 반짝임 같이
작고 짧고 긴 여운

달을 보며 별이 사라지길 기도했지
작고 짧게
그리고 오래도록 평온하기를

적을 사랑하라

내 밤은 길어 미움을 사던 너에게
사랑을 보낸다

내 밤은 깊어 분노를 사던 너에게
사랑을 보낸다

내 마음은 짙어 원망을 사던 너에게
사랑을 보낸다

내 가슴은 뜨거워 증오를 사던 너에게
사랑을 보낸다

봄을 앞에 두니 모든 게 아름답다
그리하여
미움을, 분노를, 원망을
증오를 이루던 너에게
꾸준히 사랑을 보낸다

전과자

기록을 지우고 싶은 게 아니겠지
기억을 지우고 싶은 거겠지

제대로 외면하기

정말 내가 바뀌면 상대방이 달라질까
사람은 상대적이지만 절대
바뀌지 않는 사람들도 있다

나의 좋은 습관과 노력도 허사로 만드는 건
바로 상대의 '나쁜 습성'이다

나쁜 사람을 만나 자신을 탓하며
책임을 자신에게 지우는 사람이 있다면 기억하자
상대방을 바꾸기보다 제대로 외면하라

종이배

일에 지친 당신
화가 난 당신
회의감을 느끼는 당신
싸우는 당신
그리고 나

모두 여기 태워 보냅니다
일렁이는 파도를 넘고
몇 날은 비를 맞고
잔잔한 긴 밤을 보내고
평온한 곳에 닻을 겁니다

그리곤 오래오래
행복하소서

진정한 사과

사과를 받았다
받아낸 것 같은 기분이 들어 씁쓸했다

제발 부디
나도 당신도 모두가
홀가분한 자유가 오길 바랐다

혼자만 자유로운
내던지고 간 말이 아니길
인심 쓰듯 한 말이 아니길
믿고 또 믿어본다

진짜 친구

예쁜 말 듣고 싶을 때
바른 소리 해 주는 사람

바른말 듣고 싶을 때
예쁜 말만 해 주는 사람

어떤 사람이 진짜 친구일까
생각해 본 적 있어?

정말 타이밍이라고 생각해?
당신 침대 머리맡에 누구를 둘지
잘 생각해 봐

질투

비장할 게 없는데 비장한 각오를 했다

승산 없는 게임에 뛰어들고
계란으로 바위를 치고
쥐구멍으로 소를 몰았다

패배의 쓴맛이 절망이 되었을 때
깨달았다

나는 이 모든 걸
상대의 동의 없이 시작하고 끝냈다

패배가 오직
나의 몫이어야 하는 이유는 이것이다

짝사랑

사랑의 목적을 자신에게 두는 사람은 결국
자신이 가진 결핍 안에 갇히게 된다
그런 사람은
언제 어느 때에 사랑을 해도
짝사랑임을 확인하게 될 것이다

참회록

마지못해 쓴다
실은 어쩌면 이것 또한 내 업이기에

실랑이하듯
가슴속 감정들이 뒤엉킨 까닭은
억겁이 쌓인 전생의 탓으로 여기며
뜬눈으로 지새 길 여러 해

연으로 닿아 업으로 끝난 날들을 헤아리니
내 죄는 단연코 쉽사리 잠들 수 없다

공으로 생을 받아 감사히 여기며
짐승처럼 사면을 찾아 손을 씻어보지만
나는 여전히 어미에게, 아비에게
삶에게 최선을 다하지 못한 죄인이다

다만, 갚는 것이 은혜를 다함이라
악으로 깡으로 이 업을 재주 삼아
열심히 오늘을 살아 낼 것이다

책을 읽다 잠들어야지

책의 제일 첫 장은 아픈 것들은
쓰지 않는다

두 번째 장 이후부터 중간까지
숨어있다
그 이유를 오늘 알았다

아마도 마지막은
뭉뚱그린 여운을 남기며
끝낼 것이다

누구도 댓가 없는 해답을
먼저 알려 주지 않는다

그래서 삶은 똑똑한 사람이
이기는 거다

책을 펴지마

처음엔 책을 들었다
다음엔 글을 썼고
그 다음엔 잠을 도둑맞았다

예고 없이 아침이 왔다
카페인은 금지당했고
생각은 팔아먹었고
남은 건 내일로 미루기 싫은
오늘 할 일뿐

선택의 여지가 없다
지금 자야 평생 잘 수 있다
토닥이는 사랑을 머리까지 덮고
나직이 읊조린다
오늘 할 일을 오늘 하게 하소서

처음처럼

약국에 갔다
한 아주머니가 들어와 말했다

약 좀 주세요
어떤 약이요?
술 깨는 약이요
누가 드실 거예요?
중학생 제 딸이요

잠깐 정적이 흐르고
근심 어린 눈으로 약사가 말했다

아이 상태가 지금 어떤가요?

…

아이야!

너는 사랑받는 아이임에 틀림없다

백주대낮 너의 어머니가
행여나 흠이 될까
병원에 데려가지 못하고
약국으로 뛰어 들어온 걸 보았단다

사랑의 울타리 안에서
태어나던 순백의 처음처럼
건강하게 자라길 기도한다

철저히 행복해져라

부대끼는 사람들 사이에서
무언가 나만 모호하게 행복하지 않다는 생각이 들 때
냉정하게 생각해라
내 삶의 주체는 나다

내가 의존적인 사람이라 느낄 때
독립적인 주체가 되었을 때
정확히 말하면 혼자 있을 때
불행하지 않은 사람이 돼라

무기력하고 나태해지고
마음이 다친 나를 발견했을 때
내 삶의 질을 높이는 방법들을 찾아보라
여유는 그때 생긴다

건강한 체력과 마음의 안정이 바탕이 되어야
나는 불행하지 않은 사람이 된다

당신은 마음이 약한 게 아니라
배려하는 사람이었을거다

행복하다고 생각하지 않은
내 자신에게 배려하라

그것이 오늘을 대하는 나의 태도이자
내 삶에 대한 사명이다

초보운전 vs 초보운전 배려 감사합니다

나는 심보가 못됐나보다
배려하기 싫은데 왜 배려하기를 강요받는 것 같지
먼저 가래요 안 그래도 먼저 갈 건데
아이가 타고 있다면 조심하게 돼
나도 소중한 게 뭔지 아니까
이런 암묵적 강요들이 한둘이 아니지
사람 관계도 그렇다
지레짐작하여 말하는 사람들이 있다
알지도 못하면서
제발 무례함을 배려라고 홑겹이라도 씌워서
포장하지 마세요
초보운전이면 빨리 익히세요
감사의 말보다 그게 폐를 덜 끼치는 일이거든요

추억

안부를 묻지 않아도 잘살고 있는 사람들이 있다
이를테면 첫사랑, 원수, 유년 시절 친구들
친절을 건네었던 이름 모를 행인
인상 깊게 가슴을 울리고도 지나쳐야 했던 사람들

그런 것이다 그런 것이어야 한다
꺼내지 않고 무던히 흘러가다
세월 속에 파묻혀 가물가물 기억도 나지 않는 것

모든 게 추억이 되려면
기억을 헤집지 않고도 내가 그렇게 사는 것
안부를 궁금해하지 않는 것

나는 잘살고 있다
그들처럼

축원

사랑이 아니면 웃지 말고
울지 말고
손 내밀지 말고
미약한 마음을 들키지 말고
한 걸음에도 기쁨을 담지 말고
허한 마음에 진심을 허락지 말고

그리하여
온전한 그대로 흔들림 없을 때
걸음걸음에 기쁨을 담에
그대에게 가리니

사랑
세상의 모든 축원을 담아
온전히 행복하기를

친구

테라스에 나란히 앉아 도란도란 삶을 말했지
우리가 얘길 나누면 때마침 일상의 오류들이
기다렸단 듯이 하나씩 등장하곤 해

친구란 그런 것
내 불행을 작은 것으로 만들고
웃음으로 몽땅 덮어버리게 하지

인생에 수없는 난관들이
우리 앞에선 그냥 헤프닝이야

커피에 생강을 넣는 친구를 보며
이게 이렇게 맛있을 줄이야!

인생도 그렇지
예고 없는 불행 뒤에 행복이 깃들지

친구란 그런 것

테라스에 도란도란 그저 나란히 앉아도 되는 것

그 작은 일상을 함께 하는 것

친구에게

같이 가면 좋았을걸
함께라서 좋았는데
길이 다르다는 걸 알았다

어른이라 투정하지 못하고
가는 길에 박수를 보낸다

언젠가 다시 오겠지
진심이 어려도 기대는 욕심이다

서운함이 있었다면 잊어라
나의 부족함이 잡지 못한 것이다

부족함은 늘 늦게 찾아오고
서운함은 함께일 때 느낀다

시간은 한 발짝 멀게 했던 것들을 걸러내고
다시 악수할 우릴 응원한다

한 뼘 더 자란 진짜 어른이 되어
웃는 모습으로 반갑게 다시 만나자

크랙

빛은 언제나
갈라진 틈새로 들어온다고 했다

그럼, 깨진 조각들을 이어 붙여
불완전하더라도
그 모양새가 원래의 것과 닮았다면

그건,
희망일까 절망일까

태도는 습관이다

동태를 살피며 기웃거리는 걸 보면
흡사 첩자와 같아 웃음이 났다
사람 관계가 그렇다
인격 성품 어휘 행동은 그 사람의
수준으로 여실히 드러낸다
그래서 어느 때이건 가식일지라도
꾸준히 자신의 모습을 관리하는 사람은
이길 수 없다
자기 관리는 가장 바닥인 환경일 때
어떤 태도를 취하느냐에 달린 것이다

투고

깊은 밤 고요한 밤
홀로 전력 질주한다

관계엔 선을 긋고
인생엔 획을 긋고

강변일지 하천일지
변 천의 거창한 이름을 가져다 붙여

뛴다 달린다
변천의 나로 거듭나 보겠다

나일강의 기적이 있을리 만무하겠냐만
어느 변천에 종종 내가 목격되었다고

뛰어라 달려라

선을 그었으면 획이 아니라도

점이라도 찍어보자

트라우마

먹고
걷고
잠을 자고

다음 날
먹고
걷고
잠을 자는 일

아주 쉽고 간단한
그래서 일도 아닌 일

그러나
등 떠밀어도 할 수 없는 일

눈 감으면 긴 밤

눈 뜨면 암흑 감은 밤

걸으면 돋아나는 막다른 길

퍼즐

퍼즐 한 조각은 꼭 마지막에 맞춰진다
모든 걸 잃을 각오를 한 다음이다

그래서 반드시 마지막 조각은
잃은 것 보다 더 나은 가치를 지닌 것이어야 한다

편견 대신 오만을

사람을 의심하고 경계하고
내 잣대로 떠밀어 그었다라고요?

아닌데요
저는 무례를 범한 적이 없는데요

의심하고 경계한 게 아니라
관계의 처음에 사람을 구분한 것입니다
그런 눈이 조금 생겼거든요

이어 갈 필요가 있고 없고
편견을 가질지 말지, 그리고 가졌다면
그걸 깰지 말지 그 역시
나의 선택입니다

다시 말하지만
저는 당신에게 무례를 범한 적이 없습니다
불편한 당신이 떨어져 나가십시오

포기

혹시 상대방이 나를 배려하는 횟수가
많아지진 않았나요

내 생각과는 다르게 나보다 먼저 나를
이해하고 행동하진 않았나요

배려의 크기가 커져서
내가 서운해지진 않았나요

이렇게 작은 오해들이 쌓여
산을 이루고 있진 않나요

그 많은 배려들이 쌓여 이룬 산의 이름이
바로 '포기'입니다

그 산의 꼭대기에서
나를 내려주세요

포기는 기회의 다른 이름

끊임없이 도전해도 안 되는 게 있다고
생각 들 때가 있을 것이다
한계를 극복하라고만 배웠지 누구도
포기가 다른 대안일 수 있다고 말해 주지 않았다
오류는 잘못된 신념이 신념이라고 생각하는 것
빠른 포기는 다른 기회를 가져다 주기도 한다

프로필

쓥니다

적습니다 감히

소멸 될 기록 그것뿐입니다

사람에게 팔불출이었으나

사랑에 좋아요를 누르지 않습니다

하이힐

신발을 벗었다
굽이 너무 높아서 불편했다
그런데 참 이상했다
편한 의자에 앉았는데
바닥에 발이 닿지 않는다
까치발이 들린다
내 발 모양이 그렇다
습관이 무섭다 라고 새삼 느꼈다

한 줄 생각

말을 잘하는 사람이 좋다

말 많은 사람 말고

한 끗 차이

'병신'이라도 말하면

당신이 나쁜 놈이 되는 것 같고

'등신'이라고 말하면

내가 멍청한 사람이 되는 것 같다

단어나 어감이 주는 미묘한 느낌이란

한소끔

한소끔 끓인 물을 덜어낸다
이렇게 버려질걸
끓는점까지 기다린 게 용하다

차 한잔, 나물 한 접시
고작 한 끼다

더러는 넘치면 너에게
당신에게
그대에게
골고루 나눠주면 좋았을걸

욕심많은 이 한 모금으로
너는 쉼 이였다

(한소끔: 한번 끓어오르는 모양 - *한숨의 전남 방언)

한숨

공들였던 일,
쪼아 먹히는 기분을 느껴가며 노력했던 일,
그것이 성공의 궤도에 오른
영광은 아닐지라도

어떤 일이 무너지는 데까지는
찰나의 시간만큼 짧다

합리적 사과

딱 이런 밤이었어
너 혼자만 깨어있던 밤이지

그래서 너에겐 긴 밤이었을 거야
나에겐 단잠을 깨운 밤이고

달랐던 거지 당연해
다르게 태어났으니까

그러니까 내가 하고 싶은 말은
"미안해"

따지고 가면 사과 못 할 것 같아
관계의 계산법이 그렇데

먼저 사과하면 잘못을 인정하는 거래
난 계산 안했어 단지 네가 나쁘지 않아

불편한 게 불편해

피곤한 게 귀찮아

해피엔딩

안 보면 그만이다
나만 아니면 그만이다
저 사람이 이상한 사람이다
이런 생각이면 관계는 내게서 종결된다

정말 그렇게 생각해?

반대로
누군가 나를 그렇게 놓았을 수 있다
그건, 나는 타인에게
보이지 않는 곳에서
한 줄로 제외 당하고 있는 불쾌한 기분을
표현할 기회조차도 박탈당한 것이다

혼자라는 건

안중에 없다
깊게도 얕게도 생각을 담을 필요 없다
정확히 말하면 소진할 필요 없다

사람마다 다르겠지만
좋으면 서운해지고
쉬우면 이용하는 거다

없어져도 딱 괜찮을 만큼
서운해하다 잊는 거다
사람과의 깊이는 그때 아는 거다

아프면 뛰어가고
바쁘면 찾아가 주고
설사 허물을 보더라도 덮고 싶은 게 마음이다
어리석은 진심이다

내 허물이 많기에
상대의 허물을 보지 않는 것이다

사랑하기에 들추지 않는 것이다
시간이 남아서, 마음이 남아서
그런 것이 아니다

안중에 없다 내 안중에 없다
혼자라는 건 간혹 외롭지만
가장 안전한 것이므로

관계의 파편들

초판 1쇄 발행 2024년 10월 14일
초판 1쇄 인쇄 2024년 10월 14일

지은이 신희연

디자인 포레스트 웨일
펴낸이 포레스트 웨일
펴낸곳 포레스트 웨일
출판등록 제2021 - 000014 호
주소 충남 아산시 아산로 103-17
전자우편 forestwhalepublish@naver.com

종이책 979-11-93963-47-0